잇츠북이 어린이 여러분에게 너그러움과 자존감의 메시지를 드립니다.

그래 책이야 070

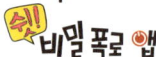
쉿! 비밀 폭로 앱

글 김보경 | 그림 송진욱

펴낸날 2025년 3월 10일
펴낸이 김주한 | **책임편집** 책읽는메리 | **책임마케팅** 김민석 | **책임홍보** 옥정연
디자인 아빠해마 김승우 | **인쇄** 이룸프레스
펴낸곳 잇츠북어린이 | **출판등록** 제406-251002015000039호
제조국 대한민국 | **사용연령** 8세 이상
주소 (10881) 경기도 파주시 회동길 471(문발동) 몽스패밀리Bd. 301호·302호

ⓒ 김보경, 송진욱, 아빠해마, 2025

ISBN 979-11-94082-23-1 74810
ISBN 979-11-92182-78-0(세트)

저자와의 협의에 따라 인지는 붙이지 않습니다.
이 책을 무단 복사, 복제, 전재하는 것은 저작권법에 저촉됩니다.
※ 잘못된 책은 서점에서 바꾸어 드립니다.

잇츠북어린이는 〈잇츠북〉의 어린이 브랜드입니다.

쉿! 비밀 폭로 앱

글 김보경 그림 송진욱

잇츠북어린이

차례

공황제와 공허둥 7

비밀을 알려 주는 앱 '쉿!' 20

폭로 32

나한테 까불지 마 40

공황찬의 비웃음 50

도대체 대나무 숲지기가 누구야? 59
되돌아온 돌멩이 70
공황찬의 비밀 79
비밀 작전 92
축구 친구 100

작가의 말 112

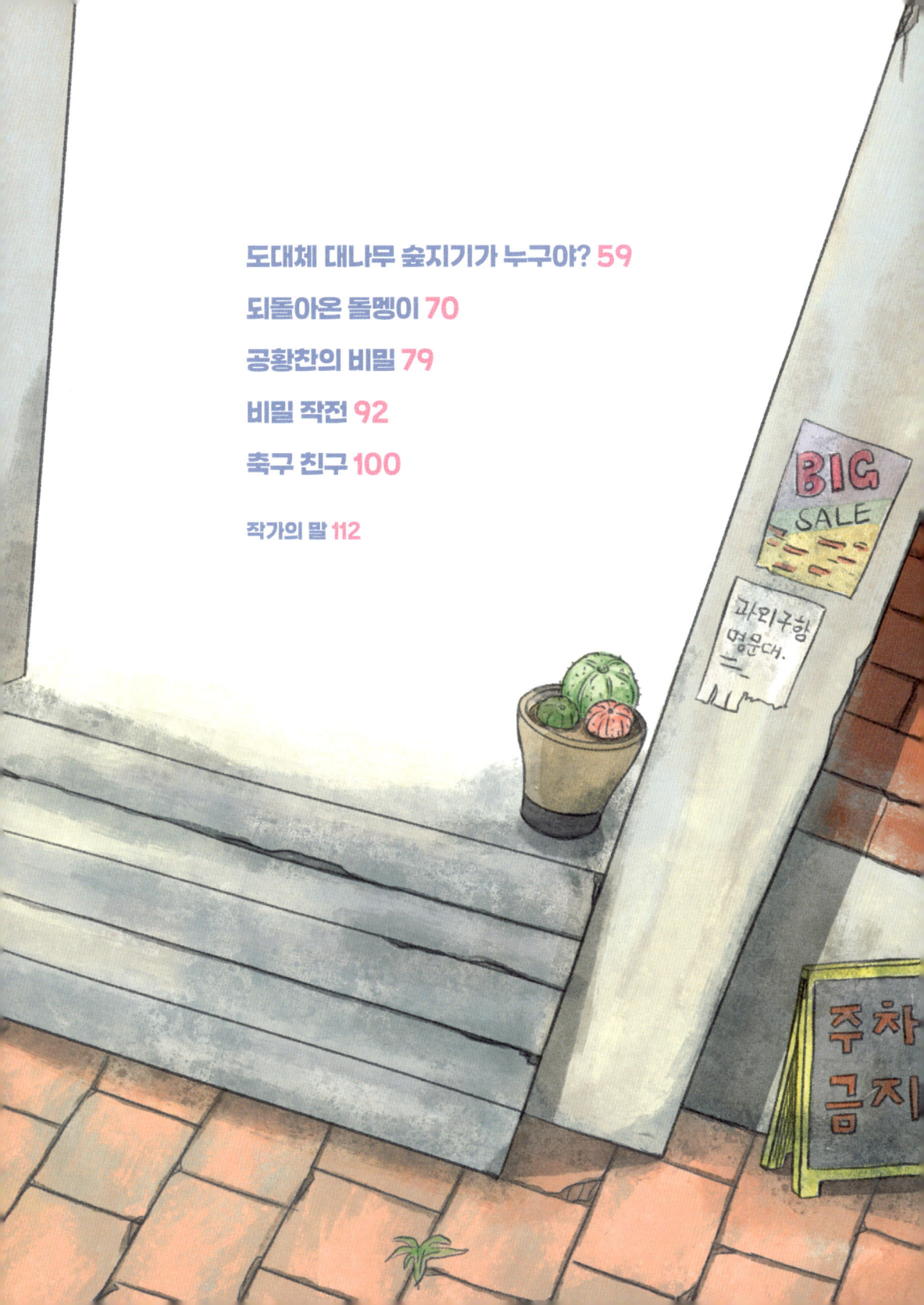

공황제와 공허둥

"엄마, 물!"

지동이는 눈을 뜨자마자 엄마를 불렀어. 목이 말랐거든. 어젯밤에 먹은 허브 피자가 짰던 모양이야. 하지만 엄마는 아무 대답이 없어.

지동이는 침대에서 내려와 부엌으로 갔어. 식탁 위 컵에 든 물을 벌컥벌컥 마셨지. 컵을 탁 내려놓는데, 접시 옆에 있는 쪽지가 눈에 딱 들어왔어.

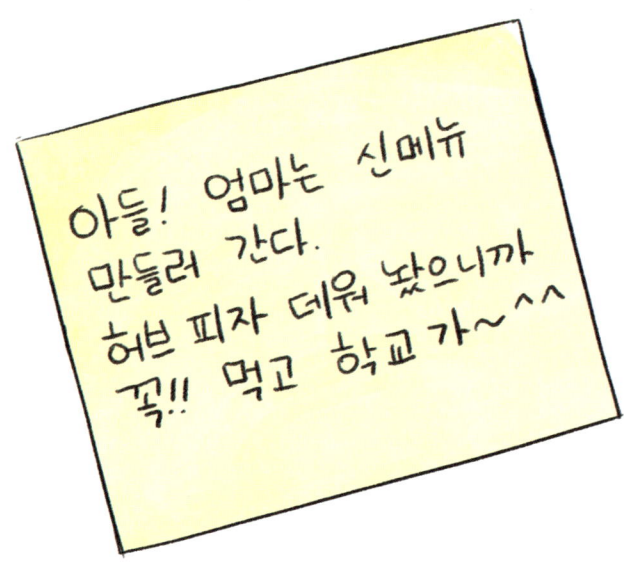

"어휴, 또 피자야?"

지동이는 키친타월로 덮여 있는 접시를 보며 인상을 찌푸렸어. 어제 엄마가 신메뉴로 만든 허브 피자가 아직도 남은 모양이야.

지동이는 피자를 엄청나게 좋아해. 새벽이든 아침이든 저녁이든 언제 먹어도 상관없이 말이야. 그런데 요즘은 피자를 보면 자꾸 짜증이 났어. 날마다 신메뉴 피자 시식하는 바람에 지동이 배가 더 나온 것 같았거든. 그뿐 아니라 키가 작은 것도 그 탓인 것 같았어. 아이들이 키 크고 날씬한 황찬이와 지동이를 비교하니까 더 짜증이 났지.

세수를 하고 나온 지동이는 식탁 앞에 앉았어. 따듯한 피자를 한 입 베어 물었는데 황찬이의 얼굴이 떠올랐어.
"하필이면 왜 그 녀석이 공 씨냐고!"

한 달 전 공황찬이 전학 온 날이었어. 선생님이 공황찬에게 지동이 뒤에 앉으라고 했지. 지동이 뒤에 앉았던 아이가 전학을 가서 자리가 비어 있었거든. 공황찬이 자리에 앉자 선생님이 눈빛을 반짝이며 말했어.

"어머, 그러고 보니 둘 다 공 씨구나."

그때 누군가가 장난기 어린 목소리로 말했어.

"공황찬은 큰 공! 공지동은 작은 공!"

아이들이 일제히 까르르 웃자, 지동이의 얼굴이 벌게졌어. 공황찬은 키가 크니까 큰 공이고, 지동이는 키가 작달막하니까 작은 공이 된 거야.

그런데 여자아이들은 한 술 더 떴어. 쉬는 시간에 옹기종기 모여 이렇게 떠들어 대지 뭐야.

"큰 공 공황찬은 얼굴도 갸름한 데다, 눈썹도 시커멓고 완전 날씬해. 꼭 아이돌 스타 김탄 같아."

"맞아, 맞아. 근데 작은 공 공지동은 얼굴도 넙데데하고, 배도 똥똥해서 만화에 나오는 땅콩맨 같다니까. 하하하."

'쳇, 내가 왜 땅콩맨이야!'

지동이는 그렇게 아이들에게 놀림을 받았어. 반대로 공황찬은 아이들에게 인기를 끌었지.

며칠 뒤 국어 시간이었어. 선생님이 시를 한 편씩 쓰라고 하더니 한 명씩 발표를 시켰어. 황찬이가 자작시를 발표하자, 열여덟 명이 잘 썼다며 손을 들어 주었어. 선생님도 내용이 좋다며 칭찬했지. 먼저 발표한 지동이는 겨우 세 표만 받았는데 말이야. 재담이와 빛나 그리고 자신의 표까지 합쳐서 겨우 세 표가 된 거였지.

장기자랑 시간이었어. 지동이는 리코더를 불었는데 자꾸 삑삑 소리를 내서 아이들의 웃음거리가 되었어. 그런데 공황찬은 저글링을 삼십 개나 해서 아이들의 환호성과 선생님의 박수를 받았지.
　선생님은 공황찬을 찍은 사진을 뽑아 교실 뒤 '우리들의 자랑판'에 붙여 놓았어. 아이들은 쉬는 시간마다 그 사진을 보며 입에 침이 마르게 황찬이를 칭찬했어. 심지어 기승이와 정대는 황찬이를 삼총사의 대장으로 삼았을 정도였지.

그때 일이 떠오르자 갑자기 피자 맛이 뚝 떨어졌어. 지동이는 피자 조각을 던져 놓고 가방을 챙겨 현관문을 나섰어.

지동이가 교실 뒷문으로 들어가는데, 짝꿍 빛나가 손을 흔들며 생긋 웃어 주었어. 지동이는 자기도 모르게 헤벌쭉 웃었지.

빛나는 지동이가 좋아하는 여자아이거든. 항상 웃는 얼굴에, 얼마나 친절한지 남자아이들에게 인기가 많아. 늘 블라우스와 치마를 입고 다녀서 '멋진 걸'이라고 불려. 값비싼 옷을 입고 다닌다 해서 공주라고도 하지.

교실 뒤에서는 회장이 몇몇 남자아이들과 얘기를 하고 있었어. 지동이는 무슨 일이지? 하며 고개를 돌리다 공황찬과 눈이 마주쳤어. 순간, 지동이는 얼른 고개를 돌리고 제자리로 향했어. 황찬이 얼굴이 정말 아이돌 같이 잘 생겼다는 생각이 들었거든.

점심시간에 지동이는 재담이와 함께 급식을 먹었어.

재담이가 화장실에 간 사이 지동이는 먼저 운동장으로 나갔어. 운동장 벤치에 앉아 재담이를 기다리고 있는데, 저만치에서 회장이 지동이를 향해 뛰어왔어.

"공지동!"

회장은 다짜고짜 지동이의 팔을 잡아 끌었어.

"옆 반이랑 반 대항 축구 시합하는데 공격수 좀 해 줘라. 갑자기 공격수가 배가 아프다고 빠져서 그래. 한 골만 넣어도 우리 반이 이긴다고."

"싫어, 안 해."

지동이는 고개를 내저었어. 지동이도 축구를 좋아하지만 잘하지는 못하거든. 그런데 회장이 막무가내이지 뭐야. 나중에는 지동이한테 두 손까지 빌면서 사정을 했어. 마음이 약해진 지동이는 할 수 없이 회장을 따라갔어.

곧 시합이 시작됐어. 회장이 수비를 피해 한 아이에게 공을 패스했어. 그 아이는 골대를 향해 공을 몰다가 지동이에게 패스했어. 그런데 지동이가 옆 반 아이에게 공을 빼앗기고 말았지 뭐야.

"공지동, 공을 빼앗기면 어떡해?"

회장이 지동이를 노려봤어. 그때 황찬이가 한달음에 달려가 옆 반 아이의 공을 가슴으로 가로챘어. 낚아챈 공을 몰고 달리다가 슛을 날렸지.

"와, 골인이다! 공황찬 최고!"

"황찬이 멋있다!"

황찬이는 두 팔을 치켜들었어. 반 아이들은 황찬이에게 하이파이브를 하거나 얼싸안았지. 지동이의 얼굴은 울상이 되었어. 황찬이한테 한 방 맞은 기분이었거든.

다시 경기가 시작되자, 옆 반 아이가 공을 몰았어. 황찬이는 옆 반 아이에게 바짝 붙어 밀착 수비를 했어. 하지만 옆 반 아이는 황찬이를 따돌리고 골대 앞까지 돌진했어. 발이 안 보이게 달리던 옆 반 아이가 그물을 향해 공을 날렸어.

"슛, 골인!"

그런데, 골인인 줄 알았던 공이 골대를 맞고 튀어나왔어. 그때 점심시간이 끝나는 종이 울렸어.

"3 대 2!"

"3반 승리!"

반 아이들의 함성이 터져 나왔어. 아이들이 황찬이를 향해 양 엄지를 흔들어 댔어. 지동이 반 선수들은 두 팔을 번쩍 들고 방방 뛰었지. 회장은 황찬이를 끌어안더니 뱅그르르 돌았어.

공황찬과 하이파이브를 하던 이기승이 말했어.

"같은 공 씨인데 어쩌면 이렇게 다르냐. 공황찬은 공만 잡으면 골인인데, 공지동은 허둥지둥이야."

빈정대가 맞장구쳤어.

"맞아, 맞아, 공황찬은 공황제고, 공지동은 공허둥이야, 하하하!"

순간 지동이의 얼굴이 확 달아올랐어. 동시에 속에서 뜨거운 것이 불쑥 올라왔어.

'으악, 공황찬 녀석, 정말 혼내 줬으면 좋겠어!'

지동이는 주먹을 불끈 쥐었어.

비밀을 알려 주는 앱 '쉿!'

 집에 오자마자 지동이는 가방을 던져 놓고 소파에 앉았어. 주머니에서 휴대폰을 꺼내 '잘난 놈 혼내 주는 방법'을 검색했어. 한참 동안 이리저리 뒤졌지만 그런 방법은 나오지 않았어.
 그 순간, 눈앞에 자신을 비웃는 공황찬의 얼굴이 커다랗게 떠올랐어. 공황찬이 이렇게 말하는 것 같았지.
 "공허둥, 넌 아무리 용써도 절대 나를 따라오지 못할걸."
 지동이는 머리끝까지 화가 치밀어 올랐어. 주먹도 불끈 쥐어졌어.

"공황찬 녀석, 정말, 정말, 정말 혼내 주고 싶어!"

지동이는 자기도 모르게 고함치며 두 손으로 머리를 감쌌어. 그때 손에서 빠져나온 휴대폰이 쿵 하고 바닥에 떨어졌어.

"으악! 어떡해!"

부리나케 휴대폰을 주웠지만 화면이 시커멓게 변해 있었어. 화면을 몇 번이나 눌러도 마찬가지였어. 언젠가 어떤 아이가 휴대폰을 떨어뜨려 고장이 났다는 얘기가 생각났어. 이 휴대폰이 고장 나면 엄마는 절대 새로 사 주지 않을 거야. 지동이는 제발 휴대폰이 켜지길 빌고 또 빌었어. 간절한 마음으로 휴대폰 전원을 꾹 눌렀지.

그 순간이었어. 갑자기 화면이 밝아지더니 화면에 팝업창 하나가 뜨는 게 아니겠어. 지동이의 눈에 팝업창의 첫 줄이 들어왔어.

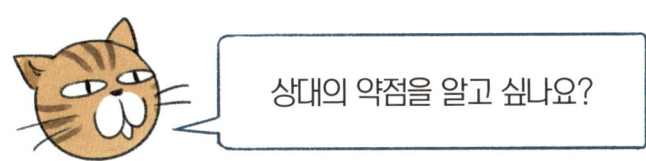

"상대의 약점?"

다음 글에는 이렇게 적혀 있었어.

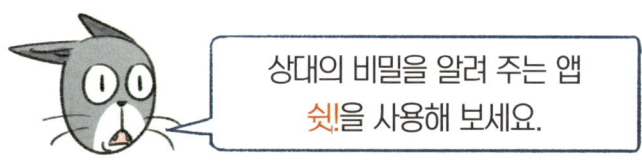

상대의 비밀을 알려 주는 앱
쉿!을 사용해 보세요.

"쉿! 앱이라고? 상대의 비밀을 알려 준다고?"
지동이는 가슴이 두근거렸어.

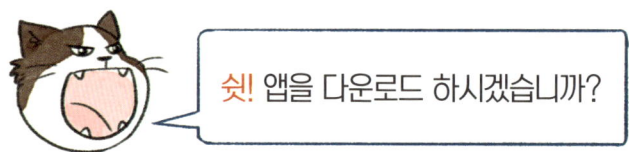

쉿! 앱을 다운로드 하시겠습니까?

마지막 줄을 읽은 지동이는 잠시 망설였어. 엄마가 아무 앱이나 다운 받지 말라고 했거든. 하지만 비웃음을 흘리는 공황찬의 얼굴이 떠오르자 지동이의 검지가 '예'를 눌러 버렸지. 곧 다운로드가 시작되고 잠시 뒤 황금빛의 노트가 화면에 나타났어. 노트 앞표지에 '쉿!'이라고 써 있었어.

쉿! 앱을 누르자 사용법이 나타났어.

사용법 밑에도 글자가 써 있었지만, 지동이는 그냥 무시해 버렸어. 글자가 깨알 같아서 읽기 어려웠거든.

지동이는 자기 앞에서 두 손을 싹싹 비는 황찬이를 떠올렸어. 입꼬리가 쑥 올라갔지.

저녁 식사를 준비하던 엄마가 지동이에게 마트에 가서 두부를 사 오라고 했어. 두부를 들고 오다가 집 앞에서 재담이를 만났어. 재담이는 지동이가 사는 빌라 2층에 살아. 재담이는 발로 돌부리를 차고 있었어. 무슨 안 좋은 일이 있는 것 같았어.

'쉿! 앱을 시험해 볼까?'

지동이는 휴대폰을 꺼내 쉿! 앱을 열었어. 재담이가 2미터 안으로 들어오자 메시지가 떴어.

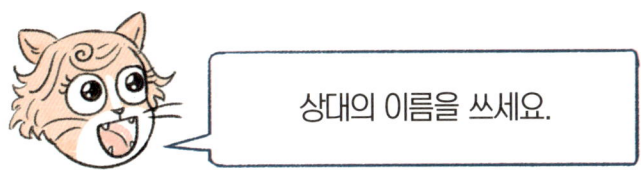

상대의 이름을 쓰세요.

지동이는 '한재담'이라고 적고 실행을 눌렀어. 다시 메시지가 떴어.

쉿!을 보시겠습니까?

'예'를 누르자 이런 글이 보였어.

엄마는 만날 동생 편만 든다. 동생이 먼저 약올려서 싸웠는데 나만 혼낸다. 형이니까 내가 참아야 한다고? 정말 짜증 나지만, 엄마한테는 비밀이다.

"한재담!"
지동이는 휴대폰을 주머니에 넣고 재담이에게 다가갔어.
"어, 지동아."
재담이가 고개를 돌려 지동이를 봤어.
"너 왜 밖에 나와 있어?"
재담이는 우물쭈물했어.
"너, 동생 때문에 엄마한테 혼나서 나온 거지?"
"네, 네가 그걸 어떻게……."
재담이의 눈이 똥그래졌어.
'헉, 정말 재담이 비밀이 맞네.'
"아까 심부름하러 나오다가, 너랑 동생이랑 싸우는 소리 들었거든."

지동이는 얼렁뚱땅 둘러댔어. 재담이가 금세 풀 죽은 얼굴로 다시 돌부리를 찼어. 쉿!에 적힌 글이 사실인 거야.

그때 2층 창가에서 아줌마의 목소리가 들렸어.

"재담아, 얼른 들어와서 밥 먹어. 네가 좋아하는 불고기 해 놨어!"

재담이가 고개를 들고 2층을 올려다봤어. 얼굴이 금세 밝아지더라고.

"엄마가 나 찾는다. 나 먼저 들어갈게."

지동이는 고개를 끄덕였어.

재담이가 사라지자, 주머니 속에서 휴대폰을 꺼내 쉿! 앱을 들여다봤어. 정말 비밀을 알려 주는 앱이 틀림없었어.

다음 날, 지동이는 교실에 들어가자마자 황찬이를 주목했어. 황찬이는 빈정대, 이기승이랑 어울려 장난을 치고 있더라고. 갑자기 배를 만지던 황찬이가 복도로 나갔어. 지동이는 이때다 싶어 황찬이를 몰래 따라갔어.

황찬이가 부리나케 화장실로 들어가자, 지동이도 조심조

심 안으로 들어갔어. 황찬이는 똥을 누려는지 화장실 첫 칸으로 들어가 문을 잠갔어. 이내 끙끙대는 소리가 났어.
 '어휴, 똥 냄새.'
 지동이는 한 손으로 코를 잡고, 다른 손으로 휴대폰을 꺼냈어. 쉿! 앱을 열고 빈칸에 공황찬 이름을 적었지. 실행을 누르자 곧 비밀 글이 나왔어.

이불에다 또 오줌을 싸다니.
왜 자꾸 이불에 오줌을 싸는지 모르겠다.
삼총사가 알면 대장도 아니라고 하겠지?
꼭 비밀로 해야 한다.

'이불에다 오줌을 쌌다고? 오줌싸개네, 오줌싸개. 킥, 너 딱 걸렸어!'

지동이는 비어져 나오는 웃음을 참으며 화장실을 나왔어. 교실로 돌아와 황찬이의 비밀을 생각하는데, 재담이가 다가와 등짝을 딱 치는 거야.

"야, 무슨 생각을 그렇게 해? 우리 게임 하자."

그 바람에 지동이는 휴대폰을 손에서 놓치고 말았어. 다행히 허벅지를 오므려 휴대폰이 바닥에 떨어지는 걸 막을 수 있었지.

"야, 휴대폰 떨어뜨릴 뻔했잖아. 나 지금 게임 못 해."

"왜?"

"뭐 좀 생각할 게 있어."

"아, 나한테 게임 어떻게 이길까 하는 생각? 알았어. 생각하고 이따 하자. 히히."

그제야 재담이가 제자리로 돌아갔어. 그때 황찬이가 뒷문으로 들어왔어. 지동이는 속으로 '이제 너 죽었다.' 하며 노려봤어. 녀석은 아무것도 모른 채 다시 아이들과 장난을 치고 있었지.

'그냥 비밀을 확 말해 버려?'

지동이는 비밀을 폭로하는 모습을 상상했어. 황찬이가 큰 눈을 희번덕거리며 당황스러워하는 모습, 아이들이 손가락질을 하며 놀리는 모습도 떠올랐어. 누가 겨드랑이에 간지러움을 태운 것처럼 웃음이 나왔어.

'아니야, 그러면 안 돼. 친구의 약점을 폭로하면 나쁜 거잖아.'

불쑥 이런 마음이 끼어드네. 이럴까 저럴까 고민하는데 선생님이 교실로 들어왔어. 지동이는 일단 다음 기회로 미루기로 했지.

폭로

　체육 시간, 선생님은 둘씩 짝지어 공을 주고받는 연습을 하라고 했어. 지동이는 재담이와 공을 주고받았어. 선생님은 일일이 돌아다니며 아이들의 공 주고받기를 검사했어.

　검사가 끝나자 선생님은 아이들에게 자유 시간을 주었어. 여자아이들은 피구 시합을 하기로 했고, 남자아이들은 미니 축구 시합을 하기로 했어. 남자아이들은 가위바위보로 A팀, B팀으로 나누자고 했어. 그런데 기승이가 다짜고짜 어깃장을 놓는 거야.

　"난 공지동이랑 같은 팀 안 할 거야."

덩달아 정대도 장단을 맞췄어.

"나도. 공지동은 만날 허둥대는 공허둥이잖아. 난 공황찬 팀 할래."

다른 아이들도 합세했어.

"맞아. 공허둥이랑 같은 팀 하면 질 게 뻔해. 나도 공황찬 팀."

"나도 나도."

아이들이 공황찬에게로 몰려갔어. 공황찬에게서 떨어지지 않으려고 서로 밀치면서 딱 달라붙었지.

지동이는 찌그러진 우유갑이 된 기분이었어.

속이 부글부글 끓어오른 지동이는 황찬이를 향해 으르렁거렸어.

"나, 네 비밀 다 알고 있거든!"

황찬이가 눈을 부릅뜨고 맞섰어.

"지금 무슨 헛소리하는 거야?"

"너 이불에다 오줌 싸잖아!"

순간, 공황찬의 얼굴이 하얘졌어. 아이들은 일제히 황찬이를 바라보며 수군거렸지. 귓불까지 벌게진 황찬이는 얼어붙은 듯 서 있더라고. 기승이가 정대와 마주보다가 황찬이에게 바투 다가섰어.

"너 이불에다 오줌 싼다는 거 진짜야?"

이기승이 확인하듯 물었어.

"……."

황찬이가 어쩔 줄 몰라 하는데, 선생님의 호루라기 소리가 들렸어. 다 모이라는 신호야. 선생님이 남자아이들이 다투는 걸 봤나 봐. 때는 이때다 싶었는지 황찬이가 황급히 선생님에게로 뛰어가는 게 아니겠어. 기승이와 정대도 발걸음을 옮겼지.

수업이 끝나자마자, 기승이와 정대가 황찬이에게로 향했어. 하지만 황찬이는 한 발 앞서서 빠른 걸음으로 교실로 갔지.

기승이가 황찬이 뒤에 대고 소리쳤어.

"야, 공황찬! 이제 너랑 삼총사 안 해!"

"나도!"

정대도 맞장구쳤어.

그 모습을 지켜보던 지동이는 코웃음을 치고는 교실로 향했어. 재담이가 쪼르르 달려와 지동이와 걸음을 맞췄어.

"지동아, 너 황찬이가 이불에다 오줌 싼 거 어떻게 알았어?"

지동이는 얼렁뚱땅 둘러댔어.

"어? 그, 그냥. 오줌이란 말만 나오면 움찔하길래, 짐작으로 두드려 맞힌 거야."

"그랬구나."

재담이가 지동이의 어깨에 팔을 둘렀어. 그때 멀찌감치 떨어져 걷던 황찬이가 뒤돌아서 지동이를 노려봤어. '저 녀석이 내 비밀을 어떻게 알았지?' 하는 눈초리였지.

비밀을 알려 주는 앱, 쉿!의 힘은 다음 날에도 이어졌어.

지동이는 다른 날보다 일찍 일어나서는 삼촌이 생일 선물로 사 준 축구 티셔츠를 입었어. 운동장에서 혼자 축구 연습을 하기로 마음먹었거든. 어떻게든 공허둥이란 별명을 떼어 버리고 싶었으니까. 그래서 어제 티셔츠도 찾아 놓고, 축구 훈련 동영상도 하루 종일 봤어. 눈이 뻐근할 정도로 말이야.

식탁에는 엄마가 차려 놓은 밥과 반찬이 있었어. 그리고 쪽지가 있었고. 쪽지를 펴 보니, 오늘도 엄마는 신메뉴 개발 때문에 일찍 나간다는 내용이었어. 지동이는 밥을 먹는

둥 마는 둥 하고는 가방을 메고 현관을 나섰어.

지동이는 가방을 운동장 벤치에 던져 놓았어. 운동장을 한 바퀴 돌고는 훈련을 시작했지.

한참 훈련을 하다 이마의 땀을 닦는데, 아이들이 떠드는 소리가 들렸어. 슬쩍 보니, 지나가던 아이들이 멈춰 서서 구경하고 있는 거야. 그 중에 빛나도 있었어. 지동이는 못 본 척하고 다시 연습을 시작했어.

"지동이 축구 티셔츠 정말 잘 어울린다, 꼬마 손흥민 같지 않니?"

빛나의 목소리였어. 지동이의 어깨가 절로 올라갔지.

"정말 그러네."

예나가 맞장구쳤어. 그때 찬물 끼얹는 소리가 들렸어. 빈정대였어.

"꼬마 손흥민은 무슨. 공만 오면 허둥대는 공허둥 선수겠지. 킥킥."

아이들이 웃음을 터뜨렸어. 지동이는 얼굴이 구겨지고 주먹이 쥐어졌어.

'빛나 앞에서 또 공허둥 선수라니!'

지동이는 정대를 혼쭐내겠다고 마음먹었어.

나한테 까불지 마

교실로 들어온 지동이는 휴대폰을 꺼내 쉿! 앱을 열었어. 그러고는 정대가 복도로 나가자 몰래 뒤를 따랐어. 정대가 쉼터에서 휴대폰으로 게임을 하고 있을 때, 지동이는 정대 뒤로 조용히 다가갔어. 곧이어 쉿! 앱을 실행시키고 빈정대의 비밀을 알아냈지.

> 참 이상하다. 짝꿍 고리라만 보면 가슴이 뛴다. 힘도 엄청 센 데다 남자아이들한테 고래고래 소리를 질러서 별명도 고릴라인데, 내가 왜 이럴까. 저번에 6학년 형이 나한테 겁줄 때 리라가 선생님한테 이른다며 도와줘서일까?

그런데 리라에게 고백했다가 차이고 말았다. 고백하는 게 아니었는데. 너무나 후회가 된다. 이 비밀을 아이들이 알면 큰일난다.

'뭐? 빈정대가 고리라에게 고백했다가 차였다고?'

지동이가 게임에 정신이 팔려 있는 빈정대 앞으로 걸어갔어. 다른 반 아이들 몇 명이 뒤쪽에서 장난을 치고 있더라고.

"빈정대!"

빈정대가 고개를 들더니 버럭 소리쳤어.

"네가 뭔데 남의 게임을 방해하냐?"

"너 고리라한테 고백했다가 차였지?"

다짜고짜 묻는 지동이 때문에 놀란 빈정대가 숨이 멎는 듯한 얼굴로 주위를 둘러봤어. 뒤쪽에 있던 아이들이 일제히 정대를 쳐다봤어. 당황한 정대가 시치미를 뗐어.

"아, 아니거든."

지동이는 쉿! 앱을 떠올리며 큰소리쳤어.

"내가 다 봤거든."

다른 반 아이들이 킥킥대자, 얼굴이 벌게진 정대는 어쩔 줄 몰라 했어. 그러더니 지동이 팔에 매달리며 사정했어.

"미, 미안해. 지동아, 소리질러서. 그리고 너한테 공허둥이라고 한 것도 사과할게. 우리 반 애들한테 절대 말하지 마, 응?"

의기양양해진 지동이가 다시 말했어.

"나한테 사과할 게 그것뿐이야?"

잠깐 생각에 잠긴 정대가 다시 입을 열었어.

"아, 맞다. 전에 찌그러진 깡통이라고 놀린 것도 미안해."

정대는 비밀을 반 아이들한테 말하지 말라고 사정했어.

"솔직히 나, 너를 놀리고 싶은 마음은 없었어. 황찬이랑 삼총사여서 그랬던 거지. 근데 이제 황찬이랑 삼총사 아니야. 그러니까 약속해 줘. 절대 우리 반 애들한테 말하지 않는다고. 응?"

지동이는 웃음이 나오는 걸 억지로 참으며 대답했어.

"앞으로 나한테 까불지 마. 안 그러면 네 비밀 다 말해 버

릴 거야. 알았어?"

"아, 알았어. 그렇게 할게."

지동이는 자기 앞에서 절절 매는 정대를 보며 헤벌쭉 웃었어.

그때 황찬이가 화장실 벽에 바짝 붙어선 채, 지동이의 말을 엿듣고 있었어. 지동이가 자기 비밀을 알고 있는 게 수상했는데, 정대의 비밀까지 알고 있다는 걸 목격한 거야. 황찬이가 자신을 지켜보고 있다는 걸 지동이는 전혀 눈치채지 못했지.

점심시간에 지동이는 급식판을 들고 자리를 찾다가 빛나 앞자리가 비어 있는 걸 발견했어. 지동이는 잽싸게 그 자리로 종종걸음 쳤어. 재담이가 뒤따라왔지.

"빛나야!"

자리에 앉으며 지동이가 빛나를 불렀어. 빛나가 벙싯 웃어 줬어.

지동이가 한참 급식을 먹는데, 갑자기 빛나가 캑캑거리며 기침을 하지 뭐야. 금세 빛나의 얼굴이 벌겋게 달아올랐어. 멸치볶음 속에 들어 있는 매운 고추를 먹은 모양이야.

"빛나야, 잠깐만 기다려!"

지동이는 벌떡 일어나 정수기로 달려갔어. 그러고는 물이 담긴 컵을 들고 와 빛나에게 건넸어. 빛나는 물 한 잔을 다 마시고 나서야 기침이 가라앉았어.

"고마워, 지동아. 오늘 청소 끝나면 집에 같이 가자. 내가 아이스크림 사 줄게."

"정말?"

지동이는 기분이 좋아 헤벌쭉 웃었어. 입에 밥을 잔뜩 물고 있던 재담이가 끼어들었어.

"나도, 나도 아이스크림."

빛나의 얼굴이 굳어지자, 지동이가 팔꿈치로 재담이를 툭 쳤어. 그제야 재담이가 뭔가 생각났다는 듯 손바닥으로 이마를 탁 쳤어.

"아, 맞다. 오늘 엄마랑 치과 가기로 했지?"

"야, 오빛나! 너 공허둥이랑 사귀냐?"

지나가다 끼어든 기승이 말에 빛나의 귓불이 붉어졌어. 빛나는 고개를 마구 저으며 손사래를 쳤어.

"아, 아냐, 지동이가 나를 도와줘서 아이스크림을 사 준다고 한 거야."

"너희 엄마도 알고 있냐?"

"아니라니까!"

빛나는 식판을 들고는 허둥지둥 반납대 쪽으로 향했어. 지동이는 하늘을 날다가 고꾸라진 기분이었지.

'이기승, 나쁜 놈!'

지동이는 기승이를 노려봤어. 기승이는 놀리는 표정을 지으며 운동장으로 연결된 뒷문으로 나갔어. 지동이는 주먹을 꽉 쥐며 자리에서 일어났어.

"재담아, 너 먼저 교실로 가."

마지막 남은 밥을 입에 넣던 재담이가 어리둥절한 표정을 지었어.

"왜?"

"갑자기 똥이 마려워서……."

지동이는 배를 만지며 아픈 시늉을 했어.

"윽, 넌 밥 먹자마자 똥 싸냐. 얼른 갔다 와."

재담이가 식판을 들고 사라지자, 지동이도 식판을 반납하고 운동장으로 나갔어. 운동장을 이리저리 살피며 기승이를 찾았지. 기승이는 정대와 함께 벤치에 앉아 있었어.

지동이는 주머니에서 휴대폰을 꺼내 쉿! 앱을 열고 이기승이라고 적었어. 그러고는 기승이의 옆으로 다가갔어.

지동이가 앱을 누르자 쉿!에서 글이 나왔어.

> 하필 그때 똥이 마려울 게 뭐람. 1박 2일 캠프 동안 밥도 적게 먹고, 간식도 안 먹으며 더러운 화장실에 안 가려고 참고 또 참았는데 결국 집 근처에서 바지에 똥을 싸다니. 다행히 주변에는 아무도 없었다. 만약 아이들이 이 사실을 알게 된다면 엄청 놀리겠지. 절대 아이들에게 들켜서는 안 된다.

'바지에 똥을 쌌다고? 으흐흐.'

기승이는 정대와 장난을 치느라 정신이 없었어. 지동이는 아까 일을 떠올리며 기승이를 불렀어. 기승이와 정대가 동시에 고개를 돌렸어. 지동이를 본 정대가 기겁을 하더니 슬그머니 달아나 버렸어.

"야, 어디 가?"

기승이가 소리쳤지만, 정대는 대답도 없이 꽁무니를 뺐어. 그 모습이 꽁지를 잃고 도망치는 도마뱀 같아 지동이는 피식 웃었지.

"이기승, 너 바지에다 왜 똥을 쌌는지 알겠다."

기승이가 날카로운 것에 찔린 듯 움찔했어. 네가 그걸 어떻게 알았냐는 듯 놀란 얼굴로 말이야. 주위에 서 있던 다른 반 아이들이 수군댔어. 울상이 된 기승이가 벌떡 일어

　나 현관 쪽으로 도망쳤어. 지동이는 기승이 뒤통수에 대고 고함쳤어.

　"너, 나한테 까불지 마! 안 그러면 우리 반 애들한테 다 말해 버릴 거야!"

　지동이는 허겁지겁 사라지는 기승이를 보며 통쾌해했어. 이번에도 나무 뒤에서 황찬이가 지동이의 뒷모습을 뚫어지게 노려보고 있었지.

공황찬의 비웃음

　교실 청소를 마친 후, 지동이는 빛나를 따라 아이스크림 가게로 향했어. 찻길을 건너 백 미터쯤 걷자, 지동이는 다리가 아팠어. 교실 청소를 한 데다 오늘은 준비물까지 있어서 가방이 무거웠거든.

　저만치 시장이 보이자, 지동이는 아이스크림 가게가 금세 나타날 줄 알았어. 빛나의 발걸음이 빨라졌거든. 걸음을 재촉해 빛나를 바짝 쫓아가니 또 빛나가 저만큼 앞장서네.

　"빛나야, 아이스크림 가게 아직 멀었어?"

　빛나가 뒤돌아보며 말했어.

"다 왔어. 조금만 더 가면 돼."

또 얼마쯤 걸으니, 중학교 맞은편에 있는 조그마한 가게가 나왔고 드디어 빛나가 걸음을 멈췄어. 간판에는 '1+1 떡볶이 가게'라고 써 있었어.

지동이는 어리둥절해서 빛나에게 물었어.

"빛나야, 아이스크림 사 준다더니, 왜 떡볶이 가게에 와?"

빛나가 생긋 웃으며 대답했어.

"이 집에서 떡볶이 먹으면 아이스크림은 공짜로 줘. 우리 엄마는 나랑 동생이랑 떡볶이 사 달라고 하면, 비싸다고 다른 가게에서는 절대 안 사 주거든. 꼭 여기 떡볶이 가게에서만 사 주지."

빛나가 가게 문을 열고 들어가자 지동이도 빛나를 따라 안으로 들어갔어. 가게 안에는 테이블 여섯 개가 전부였어. 주방에서 인상 좋은 아줌마가 빛나를 반겼어.

"어서 와, 빛나야!"

빛나가 아줌마를 향해 고개 숙여 인사했어.

"이모, 안녕하세요? 짝꿍이랑 떡볶이 먹으러 왔어요."

빛나가 지동이를 소개하자, 지동이는 멋쩍은 표정으로 고개를 까닥였어. 지동이가 의자에 앉자, 빛나가 아줌마를 향해 말했어.

"이모, 여기 떡볶이 2인분 주세요! 어묵하고 국물 많이요!"

지동이가 무척 궁금하다는 듯 물었어.

"빛나야, 너 동생도 있어?"

"응. 나보다 한 살 어린 남동생."

"좋겠다. 동생이 있어서. 난 혼자거든."

"그렇다고 다 좋은 건 아니야. 문제집, 실내화, 리코더 내가 쓰던 것 물려받기 싫다며 얼마나 나한테 심술을 부리는지 몰라. 다 왕소금 엄마 때문에 그런 건데."

빛나가 한참 이야기하고 있을 때, 떡볶이가 나왔어. 빛나는 얼른 수저통에서 포크를 꺼내 지동이에게 건넸어. 그러고는 떡볶이를 하나 찍어 입에 넣고 씹으며 말했어.

"음, 오늘 따라 떡볶이가 더 맛있네. 지동이랑 같이 먹어서 그런가 봐."

빛나의 칭찬에 지동이의 얼굴이 발그레해졌지.

떡볶이 가게를 나온 지동이는 빛나와 함께 집으로 향했어. 발걸음이 구름 위를 걷는 듯 가벼웠어. 빛나가 뭔가 생각났는지 눈빛을 반짝였어.

"참, 수업 끝나고 화장실 가다가 기승이랑 마주쳤거든. 근데 기승이가 나보고 도망치듯 뛰어가는 거 있지. 난 기승이가 점심시간처럼 또 놀릴 줄 알았거든."

"까불면 혼난다는 걸 알았겠지."

"응? 그게 무슨 말이야?"

빛나가 잔뜩 궁금한 얼굴로 물었어.

"아냐, 그런 게 있어."

지동이가 얼버무리며 히죽 웃자, 빛나도 따라 웃었어.

지동이는 쉿! 앱을 들여다보면서도 자꾸 웃음이 나왔어. 정대와 기승이가 지동이에게 꼼짝 못하던 얼굴이 떠올랐거든.

한참 딴생각을 하면서 걷던 지동이가 그만 보도블록에 걸려 고꾸라지고 말았어. 그 바람에 휴대폰을 떨어뜨렸어. 눈앞이 어찔하고 온몸이 뻐근했어.

"지동아, 괜찮아? 많이 아파?"

빛나가 일어서려는 지동이를 부축했어.

"괜, 괜찮아……. 고마워, 빛나야."

지동이가 옷에 묻은 흙을 터는 사이, 빛나는 저만치 떨어진 휴대폰을 주워 왔어. 휴대폰에 묻은 먼지를 털어 내던 빛나의 눈이 반짝였어.

"어, 황금빛이 나는 앱이네."

지동이가 히죽 웃으며 말했어.

"쉿! 앱이야. 멋지지?"

빛나가 고개를 끄덕였어. 지동이가 휴대폰을 가져가는 동안에도 빛나는 앱에서 눈을 떼지 못했어. 지동이는 입이 근질근질했어. 비밀을 알려 주는 앱이라고 말하면 빛나뿐만 아니라 아이들도 신기하다며 몰려들 것 같았거든.

"사실은 이 앱, 비밀을 알려 주는 쉿!이라는 앱이야. 이 앱 덕분에 아이들……, 아니 황찬이의 비밀을 알게 된 거야."

지동이는 아이들의 비밀이라고 하려다가 얼른 말을 고쳤어. 정대와 기승이의 비밀은 반 아이들한테 말하지 않기로 했으니까.

"이 앱이 황찬이의 비밀을 알려 줬다고? 말도 안 돼!"

빛나는 믿지 않았어. 지동이는 얼른 앱을 실행해서 빛나의 비밀을 알아냈어.

아이들은 나를 '멋진 걸'이라고 부른다.
우리 집이 부자라서 값비싼 옷만 사 입는다고 생각한다.
그때마다 가슴이 철렁한다. 친척 언니가 입던 옷을 물려받아 입는다는 사실이 들통날까 봐 늘 마음이 조마조마하다.

이 앱이 알려 줬어.

지동이는 빛나의 블라우스와 치마를 가리키며 말했어.
"너, 이 블라우스랑 치마, 친척 언니한테 물려받은 옷이지?"
빛나가 두 손으로 입을 막았어. 지동이는 빛나에게 휴대폰을 보여 줬어.
"이거 봐. 여기 네 비밀이 적혀 있잖아."
빛나는 쉿! 앱을 확인하고서야 지동이의 말을 믿었어.
"저, 정말이네."
"그렇다니까."

빛나가 주위를 두리번거리더니 지동이의 손을 잡았어.

"지동아, 내 비밀 아무한테도 말하면 안 돼. 내 비밀 꼭 지켜 줘야 해."

빛나가 신신당부했어.

"걱정 마. 네 비밀 꼭 지켜 줄게."

지동이는 고개를 끄덕이며 장담했어. 골목에서 누군가 둘을 몰래 훔쳐보고 있는 것도 모르고 말이야.

도대체 대나무 숲지기가 누구야?

 빛나와 헤어진 뒤 지동이는 영어 학원으로 갔어. 수업 시간 내내 자꾸 히죽거렸지. 빛나와 함께 떡볶이 먹던 일이 떠올랐거든.
 빛나가 자기와 눈을 맞추며 생긋 웃던 모습, 함께 떡볶이를 먹어서 더 맛있다고 했던 말, 더 먹으라며 접시에 떡볶이를 담아 주던 일.

 지동이가 피자 가게에 와서도 계속 히죽대자 엄마가 금세 눈치를 채고 물었어.

"지동아, 오늘 학교에서 무슨 좋은 일 있었니?"

지동이가 헤벌쭉 웃으며 대답했어.

"엄마, 나 오늘 여자 친구하고 떡볶이 먹었다."

"떡볶이?"

"응. 내가 전에 말했잖아. 예쁘고 친절한 오빛나."

"아, 이번에 바뀐 새 짝꿍?"

"맞아. 빛나랑 떡볶이도 먹고 아이스크림도 먹었어. 빛나가 사 줘서."

"어머, 우리 지동이가 인기가 많나 보네. 여자 친구가 떡볶이랑 아이스크림도 사 주고."

"내가 점심시간에 빛나한테 물을 떠다 줬거든. 빛나가 매운 고추 먹고 기침을 해서. 그랬더니 고맙다고 떡볶이 사 준 거야. 아이스크림은 공짜로 나왔고."

"어머나, 우리 지동이가 대견한 일을 했구나. 역시 지동이는 엄마 아들이라니까."

엄마는 지동이의 엉덩이를 톡톡 두드려 주었어. 지동이는 어깨가 으쓱했지.

지동이는 집으로 돌아와 간식으로 허브 피자를 먹었어. 그리고 책상 앞에 앉아 숙제를 하기 시작했지.

한참 숙제를 하는데 '띵동' 하는 소리가 나는 거야. 휴대폰을 확인하니 단톡방에 새 글이 올라왔네. 열어 보니, '대나무 숲지기'의 글이었어.

> 나는 오빛나가 친척 언니한테 옷을 물려받아 입는다는 걸 안다.

"어, 도대체 어떻게 된 거지?"

지동이는 자신의 비밀이 폭로된 것처럼 가슴이 철렁 내려앉았어. 그리고 빛나한테 쉿! 앱에 대해서 말한 것도 후회스러웠어. '대나무 숲지기가 누구지?' 하며 골똘히 생각하고 있을 때, 대나무 숲지기가 단톡방을 빠져나갔어.

다시 단톡방에 새 글 여러 개가 떴어.

> 오빛나 옷이 산 게 아니라, 친척 언니가 입던 거라고?

> 뭐야, 공주처럼 예쁘고 부자인 척하더니 알고 보니 아니잖아.

> 그러니까 말이야!

⋮

　순식간에 비밀이 퍼져나가 빛나는 아이들에게 놀림감이 되었어. 단톡방이 시끌벅적한 시장 같았어. 지동이 머릿속에 이런 장면이 스쳤어. 아이들이 빛나를 에워싼 채 웃고 떠들고, 빛나는 두 손으로 얼굴을 가리고 주저앉아 흐느끼는 모습이었지.

　"도대체 대나무 숲지기가 누구야?"

　지동이는 속이 부글부글 끓었어. 순간, 지동이의 머릿속에 이기승이 떠올랐어.

　"혹시 이기승?"

　그런데 기승이가 허둥지둥 도망치던 모습이 생각나자, 지동이는 고개를 내저었어.

　"아니야. 까불면 아이들한테 비밀을 다 말해 버릴 거라고 했는데, 그럴 리가 없어."

이번에는 눈앞에 빈정대의 얼굴이 스쳐 지나갔어.

"그럼 빈정대?"

하지만 빈정대도 자기 앞에서 쩔쩔매던 모습이 생각났어. 지동이는 다시 고개를 저었어.

"빈정대도 아니야. 비밀을 폭로하지 않으면, 절대 까불지 않겠다고 약속했는데……."

갑자기 지동이의 눈이 커졌어.

"설마, 공황찬? 아니야, 공황찬이 빛나의 비밀을 어떻게 알아?"

한참을 생각했지만 딱히 떠오르는 아이가 없었어. 머리가 지끈지끈 아파오자 지동이는 두 손으로 머리를 감쌌지.

월요일. 교실에 들어서니, 빛나 자리가 비어 있었어. 아이들은 삼삼오오 모여 교실에서 빛나 얘기를 하며 웃고 떠들었고.

지동이는 자리로 걸어가며 아이들이 하는 얘기에 귀를 기울였어. 2분단 끝쪽에서 여자아이들의 목소리가 들려왔어.

"오빛나, 어쩜 친척 언니한테 얻어 입은 옷을 백화점에서 샀다고 속일 수가 있어?"

"맞아. 우린 그것도 모르고 멋진 걸이라고 부러워했잖아. 사실은 헌 옷 걸인데."

"오빛나 만날 공주인 척, 부자인 척하더니, 쌤통이다. 호호호."

여자아이들이 놀리 듯 웃었어. 눈물이 글썽한 빛나의 얼굴을 떠올리자 지동이는 마음이 아팠어.

"그나저나 빛나 비밀을 폭로한 대나무 숲지기가 누굴까?"

여자아이들이 대나무 숲지기 얘기를 꺼내자 지동이가 귀를 쫑긋 세웠어.
"누구긴 누구야. 보나마나 공지동이지."
지동이 눈이 절로 커졌어.
"맞아. 저번에 공황찬 비밀도 지동이가 폭로했잖아."
지동이는 어이가 없었어. 자신이 좋아하는 빛나의 비밀을 자기가 폭로하다니! 화가 난 지동이가 여자아이들에게 다가가 소리쳤어.
"나 아니야! 아니라고!"
놀란 여자아이들이 비명을 지르며 뒷문으로 빠져나갔어. 마치 괴물이라도 만난 듯이 말이야.
그때 재담이가 교실로 뛰어 들어왔어.
"공지동!"
재담이가 가쁜 숨을 쉬며 말했어.
"내, 내가 화장실에서 들었어."
지동이가 심드렁한 목소리로 대꾸했어.
"뭘?"

재담이가 지동이 귀에 대고 속삭였어.

"정대랑 기승이랑 얘기하는 거 들었는데, 대나무 숲지기는 공황찬이래."

눈을 치뜬 지동이가 재담이를 바라봤어.

"뭐? 대나무 숲지기가 공황찬이라고?"

재담이가 확신에 찬 목소리로 대답했어.

"정대랑 기승이가 문방구 가다가 공황찬이 너랑 빛나를 몰래 훔쳐보는 걸 봤대."

"그럼 황찬이 그놈이 빛나와 내가 나눈 말을 몰래 엿들은 거야?"

때마침 뒷문으로 들어오는 황찬이를 보고 지동이가 빽, 소리를 질렀어.

"공황찬! 단톡방에 빛나 비밀을 쓴 게 너지?"

"뭐? 말도 안 되는 소리 하지 마. 증거 있어?"

"시치미 떼지 마. 네가 그런 거 다 알거든."

지동이가 씩씩대고 있는데 선생님이 교실로 들어오네. 황찬이가 얼른 지동이 손을 뿌리치고 들어가자, 어쩔 수

없이 지동이도 자리로 돌아왔어.

 선생님은 빛나가 아파서 결석했다고 했어. 하지만 아이들은 모두 믿지 않는 눈치였어. 단톡방에서 그렇게 놀림을 받았는데 어떻게 학교에 오겠어, 하는 얼굴들이야.

 '빛나는 속이 상해서 병이 났을 거야. 그래서 결석한 게 틀림없어.'

 수업 시간 내내 지동이는 무슨 내용을 들었는지 아무 생각도 나지 않았어. 눈물로 얼룩진 빛나의 얼굴이 자꾸 눈앞에 어른거렸거든.

 수업이 모두 끝난 다음, 결국 지동이는 빛나네 집을 찾아갔어. 그리고 벨을 꾹 눌렀지.

되돌아온 돌멩이

"누, 누구세요?"

빛나 남동생인 것 같았어.

지동이가 인터폰에 입을 바짝 대고 말했어.

"나, 빛나 짝꿍 공지동이거든. 오늘 빛나가 결석해서 문병 왔어. 빛나 좀 불러 줄래?"

지동이는 최대한 부드럽게 얘기했어. 그런데 남동생이 뜸을 들이다가 대답을 하네.

"아까 엄마가 누나 방에 들어가지 말라고 하고 나가셨는데. 아침에 누나가 병원에 갔다 와서 방에 누워 있다고."

남동생은 빛나가 밥을 먹고 체했다고 덧붙였어. 지동이의 머릿속에 빛나가 토악질을 하는 모습이 떠올랐어. 가슴을 두드리며 고통스러워하는 모습도. 지동이가 간절한 목소리로 말했어.

"빛나한테 공지동이 병문안 왔다고 하면 나올 거야. 멀리서 왔으니까 좀 불러 줘."

하지만 남동생은 계속 망설이는지 대답이 없었어. 지동이는 거절당할까 봐 마음을 졸였어. 그때 지잉, 소리와 함께 문이 열렸어. 그제야 안도의 숨을 내쉰 지동이가 얼른 안으로 들어갔어.

빛나와 달리 남동생은 얼굴이 까무잡잡한 데다 장난기가 많아 보였어. 남동생이 작은방으로 들어가는 게 보였어. 거기가 빛나의 방인 모양이야.

거실 텔레비전 화면에는 카트라이더 게임이 보였어. 남동생은 게임을 하고 있었나 봐. 지동이는 현관에 서서 빛나가 나오길 초조하게 기다렸어.

잠시 뒤, 방문이 열리더니 남동생이 나와 다시 게임을 하기 시작했어.

　'빛나가 왜 안 나오지? 그냥 가야 하나?'

　그때 빛나가 방에서 나오더라고. 얼굴이 무척 창백했어.

　"빛나야!"

　지동이가 반가워하며 불렀지만, 빛나의 목소리는 냉랭했어.

"네가 여길 왜 왔어?"

빛나가 지동이를 쏘아보더니 거실 소파에 걸터앉았어. 빛나 표정에서 찬바람이 쌩쌩 불었어. 여태껏 한번도 보지 못한 모습이었어. 지동이가 단톡방에 비밀을 폭로한 범인이라고 생각하는 것 같았어.

지동이는 용기를 내 조심스럽게 말을 시작했어.

"빛나야, 괜찮아?"

빛나는 아무 말 없이 여전히 굳은 얼굴이야.

"아침에 병원에 갔다 왔다며?"

지동이는 빛나 남동생한테 들은 얘기를 떠올리며 말했어. 빛나가 단톡방에 퍼진 말 때문에 체한 거라고 생각했거든.

잠깐의 침묵을 깨고 빛나가 날카로운 목소리로 말했어.

"내 비밀 지켜 준다고 약속해 놓고 왜 폭로한 거야?"

지동이는 심장이 멎는 듯했어. 당황한 지동이가 손사래를 쳤어.

"아, 아니야, 난 네 비밀 폭로하지 않았어."

하지만 빛나는 여전히 사나운 눈초리로 대꾸했어.

"내 비밀을 아는 사람은 너 밖에 없는데, 그럼 누가 그랬겠니?"

지동이는 자기 속을 꺼내 보일 수만 있다면 그렇게 하고 싶었어.

"정말 나 아니야. 공황찬이 그런 거라고!"
"뭐, 공황찬?"
지동이가 마른침을 삼키며 대답했어.
"그래."
하지만 빛나는 여전히 믿을 수 없다는 표정이었지.
"그런데 황찬이가 내 비밀을 어떻게 알고?"
지동이는 재담이가 했던 말을 빛나에게 말해 주었어.
"어제 너랑 나랑 얘기할 때, 황찬이가 몰래 엿듣는 걸 정대랑 기승이가 봤대."
빛나가 좀 누그러진 목소리로 다시 물었어.
"그런데 황찬이가 왜 내 비밀을 단톡방에 폭로해?"
지동이가 잠깐 망설이다가 입을 열었어.
"음, 아마도 나한테 복수하려고 그랬겠지. 네가 나한테 비밀 지켜 달라고 부탁했으니까, 네 비밀을 폭로해서 나를 곤란하게 하려고 말이야."
빛나는 눈이 동그래졌어.
"뭐? 너한테 복수하려고 그랬다고?"

지동이는 고개를 끄덕였어.

"으응……."

지동이는 빛나에게 비밀을 폭로해 황찬이를 혼내 주려 했다고 털어놓았어.

그러자 빛나의 눈빛이 다시 사나워졌어.

"그럼 다 너 때문이네. 네가 처음부터 황찬이의 비밀을 폭로하지 않았으면 이런 일은 생기지 않았을 거 아냐."

빛나의 말이 지동이 가슴을 무겁게 짓눌렀어. 자신이 던진 돌멩이가 큰 바위가 되어 다시 자신에게로 되돌아온 것 같았지.

"미, 미안해……."

집으로 가는 길, 지동이의 귓가에 빛나의 말이 맴돌았어.

'다 너 때문이네.'

지동이는 쉿! 앱이 원망스러웠어.

"이게 다 쉿! 앱 때문이야."

지동이가 휴대폰을 꺼냈어. 그러고는 쉿! 앱을 지우려고

앱을 꾹 눌렀어. 그러자 앱이 다른 쪽으로 도망 가지 뭐야.

"어, 왜 이러지?"

지동이가 몇 번을 반복했지만 앱은 요리조리 잘도 피했어.

마치 앱이 지워지지 않으려고 발버둥 치는 것처럼 말이야.

공황찬의 비밀

"도대체 왜 안 지워지는 거야?"

지동이가 짜증이 나서 씩씩대는데, 저만치에 벤치가 보였어. 지동이는 한달음에 벤치로 가 앉았어. 마음이 좀 가라앉자 지동이는 다시 휴대폰을 들여다봤어. 그러고는 왜 앱이 지워지지 않을까? 생각했어. 그때 앱 사용법 밑에 있던 작은 글자들이 생각났어.

지동이는 서둘러 앱에서 사용법을 찾았어. 깨알같은 글씨들을 자세히 읽었지. 그러다 지동이는 입을 딱 벌리고 말았어. 깨알 글씨들이 주의 사항이었더라고.

***주의 사항:** 앱을 깔고 3일이 지나면 앱을 지울 수 없다.

지동이는 한 대 얻어맞은 기분이었어. 쉿! 앱에게 왠지 속은 것 같기도 하고.
'다 너 때문이야.'
빛나의 말이 다시 떠올랐어. 마음이 무거워졌지.
'쉿! 앱이 지워지지 않으면 어떡하지?'
집으로 향하는 발걸음이 천근만근이었어.
그때 엄마한테 문자가 왔어.

> 지동아, 학교 끝난지 한참 지났는데 왜 아직 안 오니? 전화도 안 받고.

지동이가 휴대폰을 확인해 보니 엄마한테 전화가 왔었네. 시끄러운 자동차 소리 때문에 벨소리를 못 들은 모양이야.

> 친구네 집에 갔었어. 지금 가게로 가는 중이야.

지동이가 엄마에게 답장을 보내자마자 휴대폰이 울렸어. 지동이가 전화를 받자 엄마가 쉬지 않고 말했어.

"엄마가 방금 허브 피자 만들었거든. 근데 이번에는 느낌이 좋아. 빨리 와서 허브 피자 맛 좀 봐 줘, 응?"

잔뜩 흥분한 목소리였지.

"아, 알았어."

가게에 피자 굽는 냄새가 진동했어. 지동이가 앉자, 엄마가 허브 피자를 담은 접시를 들고 왔어. 그러고는 피자 한 쪽을 잘라 지동이 손에 쥐어 주었지.

상큼한 허브 냄새가 코를 찔렀어. 지동이는 기운이 좀 나는 듯했어.

"지동아, 얼른 먹어 봐. 그리고 맛이 어떤지 평가 좀 해 줘."

지동이는 별로 내키지 않았지만, 엄마의 간절한 부탁을 모르는 척할 수 없었어. 지동이가 피자를 한 입 베어 물었어. 그리고 피자를 천천히 씹으면서 맛을 음미했어. 엄마가 긴장한 채 지동이의 표정을 살폈어. 마침내 지동이가 피자를 꿀꺽 삼키자, 엄마가 지동이를 재촉했어.

"어때?"

지동이가 입맛을 다시며 대답했어.

"음, 피자가 달콤하지만 많이 달지 않아서 좋아."

"허브 향은?"

"허브가 씹히면서 좋은 냄새가 나."

"피자 씹는 맛, 식감은 어때?"

"피자 씹는 맛은 쫀득쫀득해서 피자가 더 맛있게 느껴져."

엄마가 눈빛을 반짝이며 물었어.

"그럼, 백 점 만점 중 몇 점이야?"

"음……, 구십……, 구점?"

그 순간, 엄마가 환호성을 지르며 지동이를 와락 끌어안

앉아. 그러더니 지동이의 볼에 뽀뽀까지 하지 뭐야.

"고마워, 지동아. 이번 토요일에 허브 피자 판매를 개시할 수 있게 해 줘서."

엄마가 피자 한 조각을 더 권했지만, 지동이는 심드렁한 표정으로 고개를 저었어. 그제야 엄마가 눈치를 챘는지 물었어.

"근데, 오늘 왜 이렇게 힘이 없어? 학교에서 무슨 일 있었니?"

지동이는 망설이다가 엄마에게 사실을 털어놓았어. 아이들한테 공황제와 공허둥이라고 비교당한 일, 지동이가 우연히 알게 된 공황찬의 비밀을 폭로한 일, 그리고 황찬이가 자신에게 복수하려고 빛나의 비밀을 폭로한 일도. 물론 쉿! 앱 이야기는 빼고 말이야. 아무 앱이나 깔았다며 엄마가 휴대폰을 빼앗을지도 모르거든.

얘기를 듣고 난 엄마가 물었어.

"그래서 황찬이한테 사과했니?"

지동이가 고개를 절레절레 저었어.

"아니. 말하기가 좀 창피하기도 하고, 황찬이가 내 사과를 받아 주지 않으면 어쩌나 걱정도 되고……."

지동이가 고개를 숙이자, 엄마가 지동이의 얼굴을 두 손으로 감쌌어. 그러고는 지동이와 눈을 맞추고 말했어.

"그럼 이제라도 황찬이한테 가서 사과해. 더 늦기 전에."

엄마가 피자 한 조각을 다시 지동이의 손에 들려 줬어.
우유도 한 잔 따라 주고.
 "허브 피자 먹고 힘내서 얼른 황찬이네 다녀와. 알았지?"
 지동이는 고개를 끄덕이고는 다시 피자를 먹기 시작했어.
다 먹고 나니 배도 든든하고 불끈 힘도 솟았어. 지동이는
가게를 나섰어.

지동이는 황찬이네 집으로 향했어. 빈정대한테 주소를 물어서 말이야.

황찬이네 집 앞에 이르자 지동이가 벨을 눌렀어. 스피커에서 굵직한 남자 목소리가 들렸어. 황찬이 아빠인 것 같았어.

"누구세요?"

지동이는 숨을 크게 내쉬고 대답했어.

"저, 황찬이 친구 공지동인데요, 황찬이 만나러 왔어요."

문이 열리더니 공황찬 아빠가 지동이를 맞아 주었어. 지동이가 허리를 굽혀 인사하자, 황찬이 아빠가 어서 들어오라고 했어.

"지동이, 황찬이랑 같은 반이지?"

지동이는 나지막이 대답했어.

"네."

지동이는 황찬이가 어디 있나 두리번거렸어.

"황찬이는 집에 없지만, 주스 한 잔 마시고 가거라. 오느라 힘들었을 텐데."

지동이는 소파에 앉아 주스를 마셨어.

"그동안 황찬이가 한 번도 친구를 데려온 적이 없었는데, 이렇게 친구가 찾아오니 반갑구나."

지동이는 친구라는 말이 거북스러웠어. 지금껏 사이가 안 좋았으니까.

지동이가 어색한 웃음을 짓고 있을 때, 황찬이 아빠가 말했어.

"그리고 보니 지동이 너도 축구 티셔츠를 입었네. 지동이도 축구 좋아하는구나?"

"네? 네."

지동이는 헤벌쭉 웃었어. 축구 티셔츠를 알아봐 줘서 기분이 좋았거든.

그런데 갑자기 황찬이 아빠가 땅이 꺼져라 한숨을 내쉬었어. 그러더니 기억을 더듬는 듯한 눈빛으로 말했어.

"황찬이도 엄마가 하늘나라로 떠난 다음에 축구를 시작했는데, 집안 형편이 안 좋아져서 축구교실도 그만두고……. 어이쿠, 내가 황찬이 친구 앞에서 무슨 말을 하는 거야……."

황찬이 아빠는 무심코 나온 말에 당황했는지 허둥댔어. 그러다가 탁자 위 주스 컵을 쓰러뜨렸지 뭐야. 황찬이 아빠가 허둥지둥 휴지로 쏟아진 주스를 닦자 지동이도 도왔어. 그때 휴대폰 벨이 요란하게 울렸어. 황찬이 아빠가 휴

대폰을 귀에 댄 채 화장실로 향했어.

"네, 어머니…… 황찬이 약을 또 사셨다고요?"

황찬이 할머니와 통화하는 것 같았어.

"아유, 어머니. 아무 약이나 사시지 말라고 제가 몇 번이나 말씀드려요. 황찬이 엄마가 먼저 가고 나서 스트레스 때문에 황찬이가 오줌을 싸는 거라고요. 처방 받은 약만 먹어야 해요."

지동이의 귀가 번쩍 뜨였어.

'황찬이가 스트레스 때문에 오줌을 싼다고? 엄마가 돌아가셔서 그런 건데…….'

순간, 지동이는 아빠가 돌아가셨을 때 마음이 아팠던 일이 생각났어. 황찬이의 비밀을 폭로했을 때, 황찬이 마음이 어땠을지도 짐작이 갔어.

'내가 아이들 앞에서 비밀을 폭로했을 때, 황찬이도 나처럼 마음이 아팠을 거야.'

지동이는 가슴이 먹먹해졌어.

비밀 작전

다음날, 지동이가 황찬이 사정을 말하자 엄마가 안쓰러운 표정을 지었어.

"그랬구나. 황찬이랑 지동이가 그런 공통점이 있었네. 며칠 동안 지동이 너도 밤에 아빠 가지 말라고 잠꼬대하며 울었었는데."

"내가?"

엄마 말을 듣고 보니 그런 것 같았어. 겉으로 봤을 땐 자기랑 전혀 달라 보였는데, 마음속에는 둘 다 똑같은 슬픔이 있잖아.

"그럼 난 이제 어떻게 해야 돼?"

"으음, 엄마 생각에는 지동이가 황찬이를 도와주면 좋을 것 같은데."

"어떻게?"

지동이는 황찬이를 돕기 위해 뭘 해야 할까 한참 동안 고민했어. 그러다 황찬이가 스트레스 때문에 오줌을 싼다는 황찬이 아빠의 말이 기억났지.

지동이는 인터넷으로 스트레스를 풀어 주는 방법을 검색했어. 허브가 기분을 좋아지게 해서 스트레스를 풀어 준다는 내용이 있었어. 좀 더 자세한 내용을 알아보려고 도서관으로 갔어.

지동이는 검색대에서 '허브'라고 쳤어. 허브라는 제목이 있는 책들이 주르르 나오자 지동이는 책 번호를 적었어. 그러고는 사서 선생님한테 물어 과학 코너로 향했지.

과학 코너에는 허브에 대한 책들이 많았어.『허브와 함께 하루를』,『허브 식물 도감』,『마음을 치유해 주는 허브』,『싱그러운 허브 이야기』등등. 그중에서『어린이를 위한, 내

몸을 살리는 허브 안내서』를 꺼내 읽었어. 허브가 스트레스를 풀어 주고 깊은 잠을 자도록 도와준다고 적혀 있었어.

 허브 향주머니를 만드는 방법도 자세히 읽었어. 폰 카메라로 찍어 저장도 했지.

 지동이는 집에서 천 조각을 가져와, 엄마한테 허브 향주머니를 만들어 달라고 부탁했어.

 엄마는 네모난 천을 세모로 잘라 박음질을 했어. 들고 다니기 쉽게 주머니 양쪽에 손잡이 끈도 매달았고. 향주머니 속에는 말린 허브 잎들을 차곡차곡 넣었지.

 허브 향주머니가 완성되었어. 지동이는 메모지에 허브 효능을 또박또박 적었어. 그 메모지를 향주머니 속에 넣었고.

 지동이는 황찬이가 축구 연습을 하는 공원으로 갔어. 역시나 황찬이는 열심히 축구 연습을 하고 있었어.

"공황찬!"

지동이가 부르자 황찬이가 깜짝 놀랐어.

"네가 여길 어떻게 알았어?"

 지동이는 허브 향주머니를 황찬이에게 건넸어. 얼떨결에

허브 향주머니를 받은 황찬이가 쪽지를 꺼내 읽었어.

> **허브 향주머니**
>
> 이름: 허브
>
> 뜻: 푸른 풀
>
> 효과: 기분을 좋게 해 주고, 스트레스를 풀어 준다.
> 잠을 잘 자게 도와준다.

"이게 뭐야?"

황찬이가 어리둥절해하며 묻자, 지동이가 대답했어.

"내가 우리 엄마한테 부탁해서 만든 허브 향주머니야. 몸에 지니고 다니면 스트레스를 풀어 준대. 너 엄마 돌아가신 뒤부터 스트레스가 생긴 거 같아서……."

황찬이가 눈을 휘둥그레 뜨더니 미간을 찌푸렸어.

"네, 네가 그걸 어떻게 알아? 또 쉿! 앱에서 본 거야?"

지동이는 고개를 저으며 손사래를 쳤어.

"아, 아니야. 사과하러 너희 집에 갔을 때, 너희 아빠가 할머니랑 통화하는 걸 우연히 들은 거야."

"어유 참, 아빠는……."

황찬이가 인상을 쓰자, 지동이가 얼른 말했어.

"걱정 마. 아무한테도 말하지 않을 테니까."

황찬이가 의아한 얼굴로 물었어.

"근데 네가 왜 나를 도와줘?"

"네 비밀 폭로한 거 미안해서……."

지동이는 미안한 마음에 말을 잇지 못했어. 지동이 마음이 전해졌는지 황찬이가 뒷머리를 긁적이며 대꾸했어.

"나도 네가 좋아하는 빛나의 비밀을 폭로했는데, 뭘."

"다 나 때문이잖아. 빛나한테 병문안 갔을 때, 빛나가 그러더라고. 내가 네 비밀을 폭로하지 않았으면, 너도 빛나의 비밀을 폭로하지 않았을 거라고."

황찬이는 그때 일이 떠올랐는지 미안한 얼굴이었어. 지동이가 어색한 분위기를 바꾸려고 얼른 말꼬리를 돌렸어.

"아 참! 토요일에 허브 피자 먹으러 갈래? 우리 엄마가 신메뉴를 만들었거든."

"너희 엄마 피자 가게 하셔?"

"으응. 사실은 우리 아빠도 하늘나라 가셨어. 그래서 엄마가 피자 가게를 시작하신 거야."

이번에는 황찬이가 지동이에게 부탁했어.

"비밀은 아니지만, 내가 얘기할 때까지 아무한테도 말하지 않으면 좋겠어. 하늘나라에 간 우리 엄마 얘기."

지동이는 황찬이 아빠가 했던 말을 떠올렸어. 황찬이가 한번도 친구를 집에 데려오지 않았다는 말. 그제야 그 이유를 알 것 같았어.

"알았어, 약속할게. 너도 우리 아빠 돌아가신 얘기 지켜 줘야 해."

지동이가 새끼손가락을 내밀자 황찬이도 새끼손가락을 걸었어. 엄지 도장을 꾹 찍고는 둘이 마주 보며 씨익 웃었어.

"참, 빛나랑 재담이는 내가 부를 테니까 정대, 기승이는 네가 불러 줘."

"오케이!"

축구 친구

 그날 집으로 돌아와 휴대폰을 보니, 쉿! 앱이 감쪽같이 사라져 있었어. 쉿! 앱을 통해서가 아니라, 우연히 알게 된 비밀을 좋은 일에 썼기 때문이 아닐까?
 "아싸!"
 지동이는 하늘을 날 듯 기분이 좋았어. 가슴에서 무거운 돌을 꺼낸 듯 마음도 가벼워졌지.

 드디어 토요일이 되었어.
 지동이는 일어나자마자 허둥지둥 세수를 하고 옷을 입

었어. 어제 밤늦게까지 축구 동영상을 보느라 늦잠을 잤거든.

 지동이는 위층에 올라가 재담이를 불렀어. 피자 가게에 가자고 말이야. 재담이가 나오자, 지동이는 빛나네 집으로 향했어.

 재담이는 맛있는 피자를 공짜로 먹는다고 신이 나서 앞장섰어. 하지만 지동이는 발걸음이 무거웠어. 어제 빛나에게 허브 피자 먹으러 가자고 했는데 답이 없었거든. 아직 지동이한테 화가 안 풀렸거나, 아니면 황찬이를 만나고 싶지 않은 건지도 몰라. 그래도 지동이는 무조건 빛나를 데리러 가겠다는 말을 하고 전화를 끊었지.

 역시나 빛나는 보이지 않았어. 아직 약속 시간이 몇 분 남은 터라 좀 더 기다리기로 했지. 약속 시간이 됐지만 빛나는 모습을 드러내지 않았어. 십 분이나 지났는데도 마찬가지였어.

 더 이상 못 참겠다는 듯 재담이가 지동이를 재촉했어.

 "지동아, 그만 가자. 빛나는 안 가려는 게 틀림없다고.

너도 알잖아. 빛나 학교에도 일찍 오고, 체험학습 때도 선생님보다 더 일찍 와서 칭찬받고, 모둠 숙제 때문에 모일 때도, 제일 먼저 왔다고 네가 그랬잖아?"

재담이 말이 사실이었어. 그런데 지동이는 좀처럼 걸음이 떨어지지 않는 거야. 지동이가 또 망설이자 재담이가 다시 재촉했어.

"황찬이랑 기승이, 정대가 기다리다 그냥 가겠다. 그니까 이제 그만 가자."

지동이는 마음이 다급해졌어. 정말 황찬이와 기승이, 정대가 가 버리면 어쩌나 하는 걱정이 들었거든. 한숨을 내쉬던 지동이가 결국 천천히 걸음을 옮겼어. 찻길을 향해 스무 걸음쯤 걸었을 때였어.

"공지동!"

뒤돌아보니 빛나가 저만치서 뛰어오고 있었어. 오늘따라 블라우스에 치마를 입은 빛나가 유난히 빛나 보였어.

헐레벌떡 뛰어온 빛나가 거친 숨을 몰아 쉬며 말했어.

"늦어서 미안해. 남동생이 자꾸 따라온다고 해서 떼어 놓고 오느라 늦었어."

빛나를 보고 재담이가 대뜸 말했어.

"아, 껌딱지 동생 때문에 늦은 거구나? 내 동생도 껌딱지인데."

재담이가 낄낄거리자, 지동이도 덩달아 웃고 말았어. 그때 입술을 앙 깨문 빛나가 뒤를 돌아보더니 재촉했어.

"지금 웃고 있을 때가 아니야. 남동생이 또 따라오기 전에 빨리 가야 된다고."

빛나가 앞장서자, 지동이와 재담이도 학교를 향해 뛰었어.

학교 앞에서는 황찬이가 기승이, 정대와 하이파이브를 하고 있네. 기다리는 동안 휴대폰으로 축구 게임을 한 모양이야. 기승이와 정대는 황찬이를 응원하면서 다시 삼총사로 뭉친 것 같았어.

지동이는 아이들을 데리고 엄마 가게로 갔어. 가게 입구에 '신메뉴 허브 피자 개시'라고 크게 쓴 광고지가 붙어 있었어. 가게 문을 열고 들어가니, 어른들도 보이고 누나, 형들이 자리를 차지하고 있었지.

지동이가 엄마를 불렀어.

"엄마, 나 왔어!"

주방에서 피자를 만들던 엄마가 지동이와 친구들에게 말했어.

"와, 우리 지동이 그새 친구 많이 생겼네."

지동이는 씨익 웃으며 아이들을 돌아봤어. 아이들을 손으로 가리키면서 엄마에게 한 명씩 소개했어.

"우리 반 공황찬, 오빛나, 빈정대, 이기승이야."

"안녕하세요?"

재담이까지 다섯 명이 동시에 인사하자 엄마가 빙그레 웃었어.

"그래, 반갑다. 우리 지동이랑 사이좋게 지내야 한다."

"네!"

아이들이 한목소리로 대답했어. 주방으로 들어간 엄마가 허브 피자를 가져왔어. 시원한 음료수도 챙겨 주었어.

"많이 먹어라. 부족하면 더 달라고 하고."

아이들이 "네!" 하고 대답하고는 정신없이 피자를 먹기 시작했어. 지동이가 한참 피자를 먹고 있는데, 황찬이가 입을 떼었어.

"빛나야, 미, 미안해. 단톡방에 네 비밀 폭로한 거."

빛나가 먹던 피자를 내려놓고 음료수를 마셨어. 휴지로 입가를 닦더니 황찬이를 똑바로 바라봤어. 뜨끔했는지 황찬이가 얼른 눈을 피했어. 빛나가 뭐라고 할지 무척 긴장한 눈치였어.

"어쩌다 아이들에게 멋진 걸이라고 불리게 됐지만, 늘 마음이 조마조마하고 너무 힘들었어. 비밀이 들통날까 봐. 근데 다 알려지고 나니까, 마음이 편해지더라고. 친척 언니 옷을 물려받아서 입는 게 뭐 어때서? 이제 애들이 뭐라고 하든 신경 안 쓸 거야. 그러다 보면 애들도 시들해지겠

지."

빛나는 피식 웃더니 다시 피자를 먹기 시작했어. 이제부터 당당해지기로 마음먹은 것 같았어.

"고, 고마워……."

황찬이도 마음이 놓였는지 안도의 한숨을 내쉬었어.

아이들이 돌아간 뒤 지동이는 황찬이와 함께 학교 운동장으로 향했어. 반 대항 축구 시합을 앞두고 축구 연습을 하기로 한 거야.

지동이와 황찬이는 몸풀기로 운동장을 세 바퀴 돌았어. 드리블 연습도 하고 말이야.

"자, 지금부터 경기 시작이다!"

기초 훈련이 끝나자 황찬이는 지동이에게 공을 패스했어. 지동이가 공을 몰아 골대로 향했어. 황찬이는 공을 빼앗으려고 지동이에게 바짝 달라붙었어. 지동이의 상체가 왼쪽으로 기울자, 황찬이는 얼른 왼쪽을 수비했어. 그 순간, 지동이는 재빨리 오른쪽으로 돌아 황찬이를 따돌렸지.

그러고는 다시 공을 몰아 골대를 향해 냅다 돌진했어.
 골대 앞에서 지동이가 그물을 향해 공을 찼어. 날아간 공이 그물을 세차게 흔들었어.
 "와, 골인이다, 골인!"

지동이가 두 팔을 들고 운동장을 돌았어. 황찬이도 달려와 지동이를 얼싸안았어. 그 바람에 지동이가 뒤로 벌러덩 넘어졌어.
지동이와 황찬이는 운동장에 나란히 누웠어. 그러다가 얼굴을 마주보며 크게 소리내어 웃었어.

한참을 웃던 둘은 파란 하늘을 바라보았어.
태양이 지동이의 얼굴을 환하게 비춰 주었어. 지동이는 몸과 마음이 훌쩍 커진 느낌이었지.

| 작가의 말 |

친구 사이에서 가장 중요한 건 뭘까

여러분은 여러분보다 더 잘 생기고 인기 많은 잘난 친구가 있나요? 자신보다 잘나 보이는 친구와 비교당해서 괴로운 적이 있었나요? 만약 여러분이 그 잘난 친구의 비밀을 알게 되었다면 어떻게 할 건가요?

저에게는 하나밖에 없는 조카가 있어요. 당시 초등학교 4학년이던 조카에게도 잘생긴 데다 뭐든 잘하는 친구가 있었지요. 조카는 반 아이들에게 잘난 친구와 비교당하고 놀림받을 때마다 괴로워했어요.

아이들은 뚱뚱한 조카를 '돼지'라고 부르기도 하고, 축구를 못한다고 '허당'이라고 놀리기도 했대요. 당연히 학교생활이 즐거울 리가 없었지요. 만날 얼굴이 굳어 있고 시무룩했어요. 저는 조카의 그런 모습을 보면서 무척 마음이 아팠어요. 제가 도울 수 있는 방법이 없을까 고민했지만 딱히 떠오르는 방법이 없었지요.

시간이 흘러 저는 작가가 되었고, 요즘 어린이들이 친구 관계에 어려움을 겪는다는 것을 알게 되었어요. 조카의 일을 떠올린 어느 날 문득 이런 생각이 스쳐 갔어요.

만약 비밀을 알려 주는 앱이 있다면 어떨까?

그 비밀 폭로 앱이 조카의 휴대폰에 나타난다면 어떨까?

그때부터 이 이야기가 시작되었답니다.

여러분, 비밀은 나쁜 곳에 쓰면 나쁜 일이 생기지만 좋은 곳에 쓰면 좋은 일이 생긴 답니다. 여러분도 잘난 친구의 비밀을 알고 있다면, 한번 좋은 곳에 써 보세요. 그러면 세상에서 가장 멋지고 놀라운 일이 생길 거예요.

여러분에게 멋지고 놀라운 일이 생기길 응원하는
동화 작가 **김보경**

문해력을 키우는 즐거운 방법 – 그래 책이야

- 초등 국어 교과서 수록 | 고래가숨쉬는도서관 선정 | 경기도학교도서관사서협의회 선정 | 한국출판문화진흥원 세종도서
- 행복한아침독서 추천 | 서울시립어린이도서관 선정 | 도깨비책방 선정 | 2018 안산시의 책 | 한국출판문화진흥원 창작지원 선정
- 한우리독서토론논술 선정 | 전국학교도서관사서협회 선정 | 충남문화재단 우수 도서 | 국립어린이청소년 도서관 선정

 나는 독서왕! 다 읽은 책에 표시하세요!

- ☐ 01 아디닭스 치킨집 박현숙 글 | 최정인 그림
- ☐ 02 하필이면 조은조 조성자 글 | 이영림 그림
- ☐ 03 힘내라! 공팔일삼! 신채연 글 | 권송이 그림
- ☐ 04 어느 날 갑자기 서지원 글 | 심윤정 그림
- ☐ 05 우정 계약서 원유순 글 | 주미 그림
- ☐ 06 달콤쌉쌀한 귓속말 임근희 글 | 원유미 그림
- ☐ 07 끝까지 초대할 거야 박현숙 글 | 조현숙 그림
- ☐ 08 장 꼴찌와 서 반장 송언 글 | 유설화 그림
- ☐ 09 어느 날 갑자기 2 : 결전의 날 서지원 글 | 심윤정 그림
- ☐ 10 행운의 문자 주의보 원유순 글 | 주미 그림
- ☐ 11 거짓말 학원 신채연 글 | 정경아 그림
- ☐ 12 우리 반에 도둑이 있다 고수산나 글 | 강전희 그림
- ☐ 13 나의 베프, 로봇 젠가 신채연 글 | 한호진 그림
- ☐ 14 거꾸로 걸리는 주문 고수산나 글 | 배현정 그림
- ☐ 15 불편한 선물 조성자 글 | 이영림 그림
- ☐ 16 우리 엄마는 모른다 서지원 글 | 정경아 그림
- ☐ 17 비밀 레스토랑 브란 박선화 글 | 안병현 그림
- ☐ 18 착한 친구 감별법 송아주 글 | 원유미 그림
- ☐ 19 일기 쓰는 엄마 송언 글 | 최정인 그림
- ☐ 20 초코파이 김자연 글 | 한유민 외 그림
- ☐ 21 우리는 바이킹을 탄다 홍민정 글 | 심윤정 그림
- ☐ 22 괴물들의 도서관 박선화 글 | 나오미양 그림
- ☐ 23 고양이 3초 양지안 글 | 최담 그림
- ☐ 24 세상을 바꾸는 크리에이터 원유순 글 | 심윤정 그림
- ☐ 25 일기 고쳐 주는 아이 박선화 글 | 김완진 그림
- ☐ 26 어쨌든 이게 바로 전설의 권법 이승민 글 | 이경석 그림
- ☐ 27 우리 반에 천사가 있다 고수산나 글 | 김주경 그림
- ☐ 28 벼락 맞은 리코더 류미정 글 | 정경아 그림
- ☐ 29 목소리 교환소 김경미 글 | 김미연 그림
- ☐ 30 달토의 소원 사탕 오민영 글 | 송효정 그림
- ☐ 31 비밀 교실 1 : 수상한 문 소연 글 | 유준재 그림
- ☐ 32 기억해 줘 신현항 글 | 전명진 그림
- ☐ 33 뚱뚱이 초상권 김희정 글 | 정용환 그림
- ☐ 34 나, 우주 그리고 산신령 이혜령 글 | 신민재 그림
- ☐ 35 경태의 병아리 김용세 글 | 김주경 그림
- ☐ 36 알고 보니 내가 바로 무공의 고수 이승민 글 | 이경석 그림
- ☐ 37 비밀 교실 2 : 움직이는 지도 소연 글 | 유준재 그림
- ☐ 38 잘 혼나는 기술 박현숙 글 | 조히 그림
- ☐ 39 부풀어 용기 껌 정희웅 글 | 김미연 그림
- ☐ 40 내 이름을 부르면 정이립 글 | 전명진 그림
- ☐ 41 잘 훔치는 기술 박현숙 글 | 조히 그림
- ☐ 42 레오의 완벽한 초등 생활 이수용 글 | 정경아 그림
- ☐ 43 행복 도시 신은영 글 | 심윤정 그림
- ☐ 44 우리 반에 슈퍼히어로가 있다 고수산나 글 | 유준재 그림
- ☐ 45 거꾸로 말대꾸 류미정 글 | 신민재 그림
- ☐ 46 행운 없는 럭키 박스 홍민정 글 | 박영 그림
- ☐ 47 사이 떡볶이 소연 글 | 원유미 그림
- ☐ 48 비겁한 구경꾼 조성자 글 | 이영림 그림
- ☐ 49 레오의 품 나는 초등 생활 이수용 글 | 정경아 그림
- ☐ 50 배꼽 전설 김명선 글 | 안병현 그림
- ☐ 51 잘 따돌리는 기술 박현숙 글 | 조히 그림
- ☐ 52 비밀 교실 3 : 동상의 비밀 소연 글 | 유준재 그림
- ☐ 53 여하튼 둘이 함께 최강의 무공 이승민 글 | 이경석 그림
- ☐ 54 무서운 문제집 선시야 글 | 김수영 그림
- ☐ 55 잘 싸우는 기술 박현숙 글 | 조히 그림
- ☐ 56 레벨 업 브라더 엄상미 글 | 국민지 그림
- ☐ 57 꿈 요원 이루 김경미 글 | 김주경 그림
- ☐ 58 롱브릿지 숲의 비밀 문신 글 | 김준영 그림
- ☐ 59 벽 귀신 어벤져스 공윤경 글 | 양은봉 그림
- ☐ 60 뒤끝 작렬 왕소심 원유순 글 | 원유미 그림
- ☐ 61 아는 사람만 아는 서당개 선생님 소하연 글 | 박현주 그림
- ☐ 62 자체 발광 오샛별 정희웅 글 | 정은선 그림
- ☐ 63 잘 화내는 기술 박현숙 글 | 노아 그림
- ☐ 64 레오의 기절초풍 초등 생활 이수용 글 | 정경아 그림
- ☐ 65 사실, 꼬리 아홉 여우는 조현미 글 | 안병현 그림
- ☐ 66 무서운 고백 노트 선시야 글 | 송진욱 그림
- ☐ 67 사랑봇 상담소 원유순 글 | 유수정 그림
- ☐ 68 우리들의 최애 카드 이초아 글 | 국민지 그림
- ☐ 69 자랑질이 어때서 원유순 글 | 정용환 그림
- ☐ 70 쉿! 비밀 폭로 앱 김보경 글 | 송진욱 그림

〈그래 책이야〉 시리즈는 계속 출간됩니다.

잇츠북어린이는 우리 어린이들이 책과 친한 친구가 되기를 바라는 마음으로 재미있는 책을 만들고 있어요. | E-mail locis@naver.com